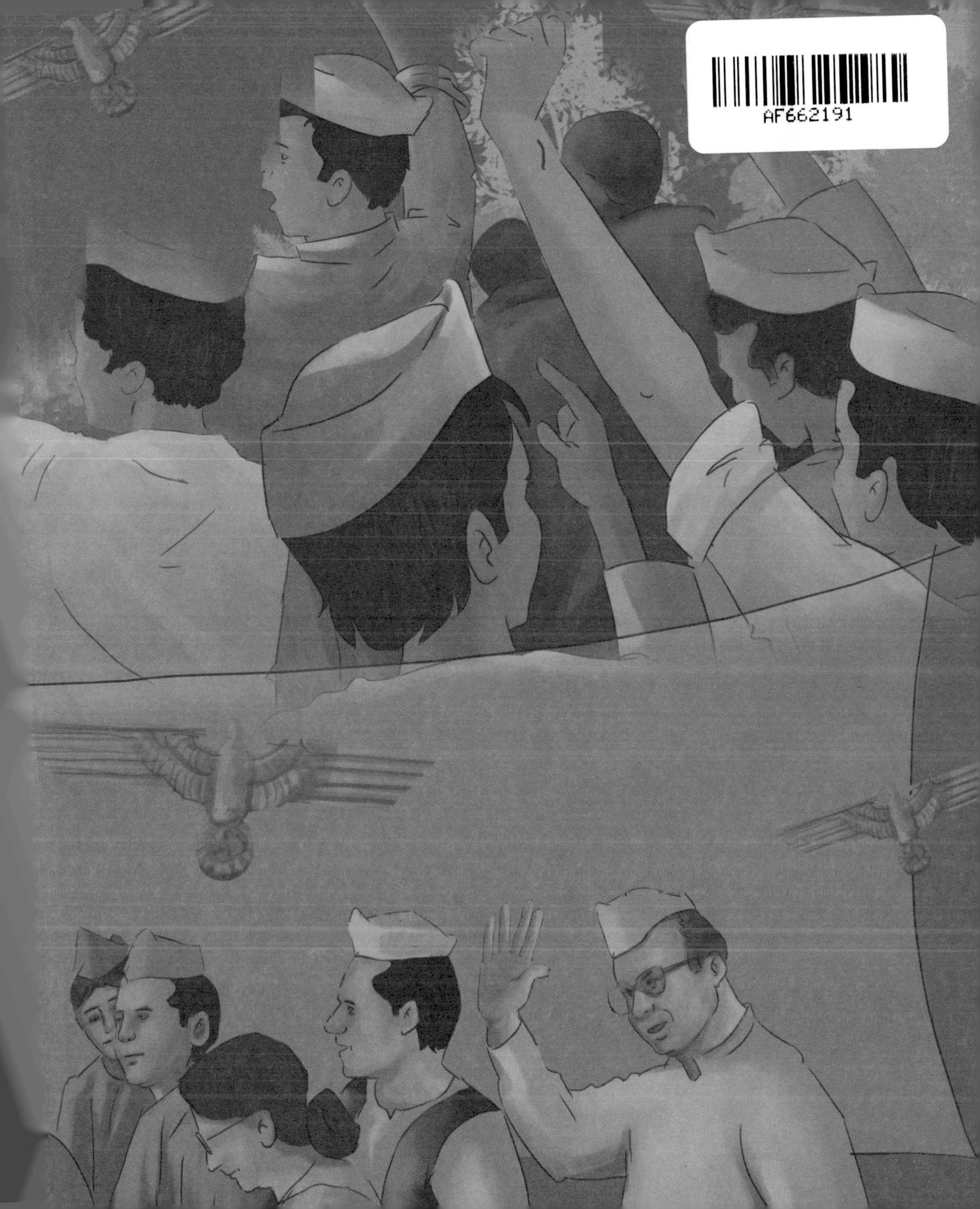

नेताजी सुभाष चन्द्र बोस

शुभोजित सान्याल
अनुवादकः अभिज्ञा

Om KIDZ
An imprint of Om Books International

First Published in 2020 by

Om Kidz | Om Books International

Corporate & Editorial Office
A-12, Sector 64, Noida 201 301
Uttar Pradesh, India
Phone: +91 120 477 4100
Email: editorial@ombooks.com
Website: www.ombooksinternational.com

Sales Office
107, Ansari Road, Darya Ganj
New Delhi 110 002, India
Phone: +91 11 4000 9000
Email: sales@ombooks.com
Website: www.ombooks.com

Retold by: Subhojit Sanyal
Translator: Abhigya

ISBN: 978-93-82607-61-8

Printed in India

10 9 8 7 6 5 4 3 2 1

विषय-सूची

जन्म और बचपन

कटक के प्रसिद्ध वकील, जानकी नाथ बोस के घर में बहुत खुशी और उत्सव का कारण था। कटक तब बंगाल प्रेसीडेंसी का एक हिस्सा था। यह बात है 23 जनवरी 1897 की जब उनकी पत्नी, प्रभाती देवी ने अपने नौवें बच्चे सुभाष चन्द्र बोस को जन्म दिया था।

सुभाष बोस ने कटक के एंग्लो स्कूल में अपनी स्कूली शिक्षा शुरू की, जो बाद में स्टीवर्ट स्कूल के नाम से जाना जाने लगा। सुभाष बोस एक उज्ज्वल छात्र थे और यह उनके शिक्षकों को शुरू से ही स्पष्ट हो गया था।

हालांकि, कटक में एंग्लो स्कूल केवल सातवीं कक्षा तक ही चलता था, इसलिए, सुभाष बोस को अपनी पढ़ाई जारी रखने के लिए रावेन्शॉ कॉलेजिएट स्कूल में दाख़िला

लेना पड़ा। यह उसी समय के आसपास था जब बांग्ला को मैट्रिक स्तर पर बंगालियों के लिए एक अनिवार्य विषय बना दिया गया था। सुभाष बोस इस बदलाव से बहुत खुश थे

क्योंकि एंग्लो स्कूल में बांग्ला को एक अलग विषय के रूप में नहीं पढ़ाया जाता था।

राष्ट्रवादी भावनाओं का जन्म

रावेन्शॉ कॉलेजिएट स्कूल में प्रधान बेनी माधव दास के नेतृत्व में, सुभाष बोस ने स्वतंत्रता के विचारों को समझना शुरू किया और अपने देश के लिए प्यार विकसित किया। जहाँ एंग्लो स्कूल में एक पश्चिमी वर्दी पहनी जाती थी, रावेन्शॉ कॉलेजिएट के छात्र कुर्ता और धोती पहनते थे। सुभाष बोस बड़े गर्व से अपनी नई वर्दी को स्कूल पहन के जाते थे।

हालांकि आगे जा के वह कुछ ऋषियों से मिले, जिनके भौतिकवादी मूल्यों से उनका मोहभंग हो गया। क्यूँकि उन्हें इस बात का आभास हो गया था कि उन्हें आध्यात्मिक लक्ष्यों के बिना ही अपने लक्ष्यों और आदर्शों को आगे बढ़ाना होगा, सुभाष बोस ने कलकत्ता (जिसे अब कोलकाता कहा जाता है) में प्रतिष्ठित प्रेसीडेंसी कॉलेज में पढ़ना शुरू किया।

पंद्रह वर्ष की आयु के होते ही सुभाष बोस ने स्वामी विवेकानंद की रचनाओं को पढ़ना शुरू कर दिया था और वे इस महान ऋषि के लेखन से बेहद प्रभावित थे। बोस अपनी मैट्रिक परीक्षा में दूसरे स्थान पर रहे। कॉलेज जाने से पहले सुभाष बोस ने विभिन्न पवित्र स्थानों पर जाकर एक आध्यात्मिक गुरु की खोज में कुछ समय बिताने का फैसला किया।

कॉलेज में उन्होंने देखा कि अंग्रेजी के प्रोफेसर भारतीय छात्रों से बेहद अपमानजनक तरीके से बात करते थे। एक दिन प्रोफेसर ओटेन ने एक टिप्पणी की, जिसमें उन्होंने कहा कि भारतीय जन असभ्य हैं और अंग्रेज उनके शिक्षक हैं, इस बात ने सुभाष बोस को गुस्से से भर दिया। भारतीय छात्रों की एक टीम का नेतृत्व करते हुए, सुभाष बोस ने प्रिंसिपल जेम्स से अपील की कि वे प्रोफेसर ओटेन से कहें कि वह अपनी टिप्पणियों के लिए माफ़ी मांगें। हालांकि, प्रिंसिपल खुद एक अंग्रेज थे और उन्होंने इस बात को मानने से मना कर दिया।

भूख हड़ताल
ओटेन
ओटेन माफ़ी मांगो
ओटेन माफ़ी मांगो
ओटेन माफ़ी मांगो

इससे नाराज सुभाष बोस ने कॉलेज में हड़ताल की पुकार लगायी। एक हजार से अधिक छात्रों ने हड़ताल में भाग लिया। कक्षाएं आयोजित नहीं की जा सकीं और यहां तक कि भारतीय शिक्षकों ने भी इसका समर्थन किया। आखिरकार, तीन दिनों के बाद, प्रोफेसर ओटेन ने अपनी टिप्पणियों के लिए सार्वजनिक माफ़ी जारी की।

शांतिपूर्ण विरोध से निराशा

जब कॉलेज हड़ताल के बाद फिर से शुरू हुआ, तो प्रोफेसर ओटेन ने अपनी शर्मिंदगी का बदला लेने के लिए छात्रों को अपमानित करना जारी रखा। एक शाम, जैसे ही प्रोफेसर ओटेन कॉलेज से निकलने वाले थे, लड़कों के एक समूह ने उन पर हमला कर दिया, जिससे वह गंभीर रूप से घायल हो गए। इसके बाद सुभाष बोस को तुरंत ही प्रधानाचार्य के कार्यालय में बुलाया गया।

प्रिंसिपल जेम्स ने घोषणा की कि अधिकारियों के पास यह मानने के लिए पर्याप्त कारण था कि सुभाष बोस भी हमले का हिस्सा थे, और इसलिए उन्हें कॉलेज से निष्कासित कर दिया गया।

सुभाष बोस कटक लौट आए और वहां के गरीब लोगों की भलाई के लिए काम करना शुरू कर दिया। इस क्षेत्र

में उनकी प्रसिद्धि बढ़ने के साथ, कलकत्ता विश्वविद्यालय के कुलपति सर आशुतोष मुखर्जी की सहायता से उन्हें स्कॉटिश चर्च कॉलेज में प्रवेश प्राप्त हुआ। इस दौरान सुभाष बोस विश्वविद्यालय ट्रेनिंग कोर में शामिल हो गए। यहां उन्होंने पहली बार महसूस किया कि अंग्रेजों के खिलाफ एक सशस्त्र प्रतिरोध देश के लिए स्वतंत्रता प्राप्त करने में अधिक प्रभावी होगा। सुभाष बोस जल्द ही कोर में सबसे अच्छे सैनिकों में से एक बन गए।

अत्याचार के खिलाफ आंदोलन

कलकत्ता विश्वविद्यालय से स्नातक होने के बाद बोस इंग्लैंड गए, सन् 1919 में वह कैम्ब्रिज विश्वविद्यालय में स्थित फिट्ज़विलियम कॉलेज में प्रवेश प्राप्त करने में सक्षम हुए। उस समय भारतीय सिविल सेवा की परीक्षा इंग्लैंड में आयोजित की जाती थी, इस परीक्षा के लिए बैठ कर बोस अपने पिता के सपने को पूरा कर रहे थे। जब नतीजे घोषित किए गए तो सुभाष बोस परीक्षा में चौथे स्थान पर रहे।

पूरी योग्यता के साथ आई.सी.एस. परीक्षाओं को पास कर अपने पिता की इच्छा पूरी करने के बाद, सुभाष बोस ने सेवाओं से इस्तीफा दे दिया। उन्होंने भारत के ब्रिटिश राज्य सचिव, ई.एस. मोंटागु को एक पत्र लिखा और यह स्पष्ट किया कि उनका विदेशी सरकार की सेवा करने का कोई इरादा नहीं था और इसके बजाय उन्होंने अपने देश की स्वतंत्रता के लिए सक्रिय रूप से काम करने का फैसला किया।

सशस्त्र प्रतिरोध बनाम अहिंसा

सुभाष बोस भारत आते ही सन् 1921 की जुलाई में महात्मा गांधी से मिले। गांधी जी ने सुभाष बोस को समझाया कि स्वतंत्रता प्राप्त करने के लिए गांधी के तरीके पूरी तरह से अहिंसक थे। सुभाष बोस सहमत थे कि स्वतंत्रता प्राप्त करने के लिए एक उपकरण के रूप में अहिंसा एक अच्छा सिद्धांत है, पर उन्होंने इस बात पर ज़ोर दिया की सशस्त्र प्रतिरोध एक बेहतर विकल्प था। सुभाष बोस के जुनून को देखकर, गांधी ने उन्हें "देशबंधु" चित्तरंजन दास के मार्गदर्शन में काम करने का सुझाव दिया।

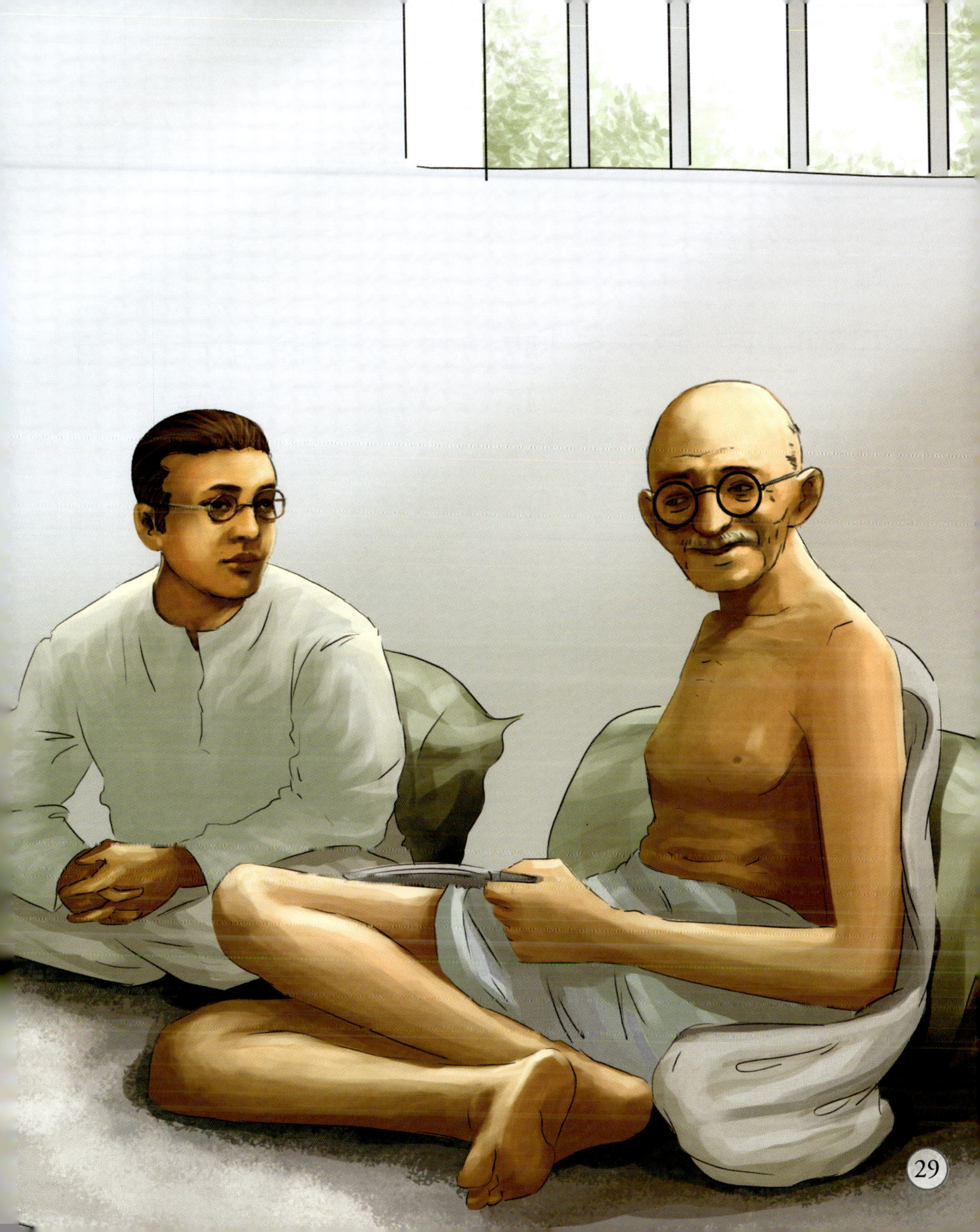

कांग्रेस पार्टी के सदस्य चित्तरंजन दास उस समय के सबसे बड़े राजनीतिक नेताओं में से एक थे। उन्होंने बोस का गर्मजोशी से स्वागत किया, और बोस को तभी यह आभास हो गया कि उन्होंने अपने गुरु को पा लिया है।

इसी दौरान, सुभाष बोस ने समाचार पत्र स्वराज की स्थापना की, और बंगाल प्रांतीय कांग्रेस कमेटी को सार्वजनिक करने की जिम्मेदारी ली। बोस को 1923 में अखिल भारतीय युवा कांग्रेस का अध्यक्ष चुना गया और उन्होंने बंगाल राज्य कांग्रेस के सचिव के रूप में भी कार्य किया।

स्वराज पार्टी

चित्तरंजन दास ने जल्द ही अपनी पार्टी स्वराज पार्टी का गठन किया। 1924 में स्वराज पार्टी ने कलकत्ता कार्पोरेशन का चुनाव जीता।

चित्तरंजन दास कलकत्ता के नए मेयर बने और सुभाष बोस कलकत्ता कार्पोरेशन के सी.ई.ओ. बन गए। चित्तरंजन दास और सुभाष बोस के नेतृत्व में, स्वराज पार्टी ने शहर में बहुत योगदान दिया।

उन्होंने कार्पोरेशन में कई बदलाव किए, और सबसे महत्वपूर्ण था खादी को वहां के सभी कर्मचारियों का आधिकारिक ड्रेस कोड बनाना।

सुभाष बोस ने वालंटियर कॉर्प्स का गठन किया, यह संस्था लोगों को उचित मूल्य पर स्वदेशी सामान बेचती थी और साथ में अन्य सामाजिक और राजनीतिक कार्य भी किया करती थी। हालांकि, यह ब्रिटिश सरकार के लिए एक चिंता का विषय बन गया और अंग्रेजो ने वालंटियर कॉर्प्स को अवैध घोषित कर दिया।

सुभाष बोस ने हार मानने से इंकार कर दिया और वालंटियर कॉर्प्स के सदस्यों ने खुलेआम आदेश का विरोध करना शुरू कर दिया।

जब सुभाष बोस को शहर में एक यूरोपीय आदमी की हत्या के लिए ज़िम्मेदार ठहरा कर गिरफ्तार कर लिया गया, तब यह तनाव चरम सीमा पर जा पहुँचा।

बर्मा के मण्डेले जेल में कैद

लोगों ने कलकत्ता में प्रेसीडेंसी जेल के बाहर विरोध प्रदर्शन शुरू कर दिया, जहाँ सुभाष बोस को कैद कर के रखा गया था। सुभाष बोस की गिरफ्तारी के खिलाफ एक सार्वजनिक आक्रोश के डर से अंग्रेज उन्हें बर्मा के मण्डेले जेल ले गए।

जेल की अमानवीय स्थितियों का सुभाष बोस के स्वास्थ्य पर नकारात्मक प्रभाव पड़ा और उन्हें टी.बी.(तपेदिक) का रोग हो गया। सुभाष बोस की हालत बद से बदतर हो गई और जैसे ही उनके ख़राब स्वास्थ्य की खबर कलकत्ता पहुंची, देश में दीवानगी से भरे उन्माद की एक लहर फैल गई। लोगों ने बोस की तुरंत रिहाई की मांग की।

ब्रिटिश सरकार ने सुभाष बोस के साथ एक सौदा करने की कोशिश की जिसके अनुसार उन्हें अपनी स्वतंत्रता इस शर्त पर दी जाएगी, कि वह तुरंत यूरोप के लिए रवाना हो जाएँ।

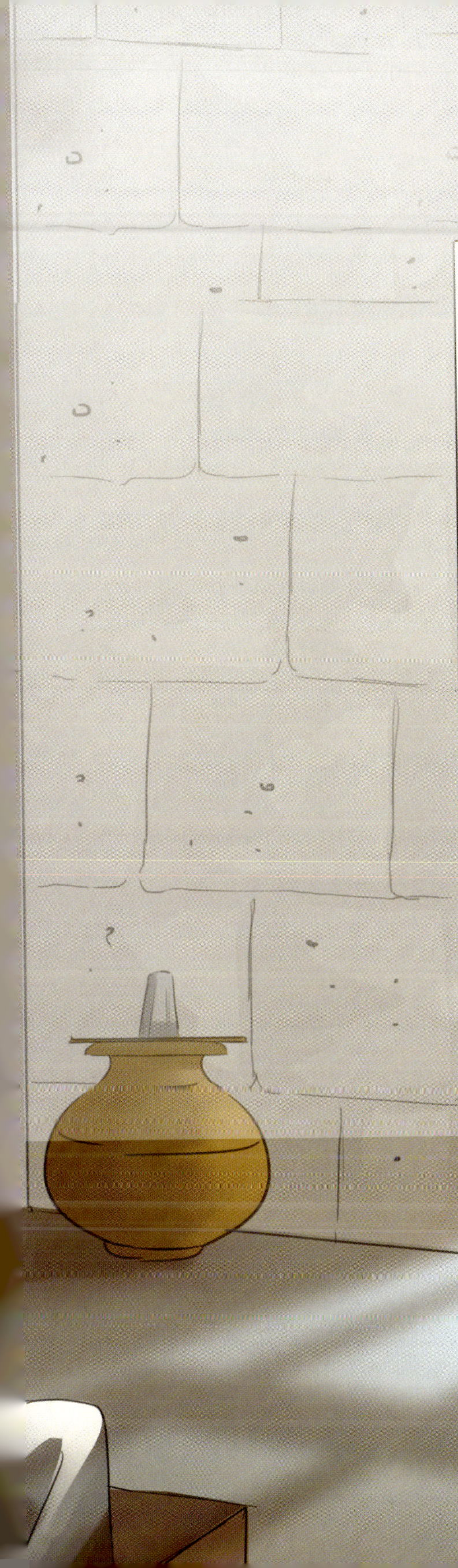

सुभाष बोस ने उन्हें कैद करने वालों को यह स्पष्ट कर दिया कि वह केवल बिना शर्त रिहाई को स्वीकार करेंगे नहीं तो वह जेल में ही मरना पसंद करेंगे। उनकी हालत खराब होते देख, सुभाष बोस को बिना शर्त रिहाई दे दी गई और 1927 में भारत लौटने की अनुमति दी गई।

सुभाष बोस ने अगले कुछ महीने टी.बी. से निजात पाने के लिए डलहौजी में बिताए। इस दौरान उन्हें पता चला कि उनकी अनुपस्थिति में चित्तरंजन दास का निधन हो गया था। इस बात से सुभाष बोस को बहुत दुःख हुआ और उन्होंने अपने गुरु के सपनों को साकार करने का संकल्प लिया।

कलकत्ता के मेयर पद की प्राप्ति

सुभाष बोस ने एकता के साथ अपना आंदोलन जारी रखने के लिए कांग्रेस समर्थकों की मदद से वालंटियर कॉर्प्स का

गठन किया। स्वाभाविक रूप से, अंग्रेजों ने इसे हल्के में नहीं लिया और बोस को सविनय अवज्ञा के लिए गिरफ्तार कर लिया गया।

1930 में, जबकि सुभाष बोस अभी भी जेल में थे, उन्हें कलकत्ता के मेयर के रूप में चुना गया था। ब्रिटिश सरकार को उन्हें रिहा करने के लिए मजबूर किया गया ताकि वह अपने नए ऑफ़िस में अपने कर्तव्यों को निभा सकें।

मेयर के रूप में अपने कर्तव्यों का निर्वहन करते हुए भी सुभाष बोस अंग्रेजों के खिलाफ सविनय अवज्ञा आंदोलनों का नेतृत्व करते रहे।

फिर से कैद

क्यूँकि सुभाष बोस ने अंग्रेजों के खिलाफ आंदोलन जारी रखा, उन्हें फिर से गिरफ्तार कर लिया गया। जिस सेल में उन्हें रखा गया था, उसकी खराब स्थिति के कारण बोस एक बार फिर बीमार पड़ गए।

यहाँ घर पर, उनकी रिहाई के लिए अपीलें बढ़ रही थीं और बोस को एक बार फिर अंग्रेजों द्वारा रिहा कर दिया गया, जिन्हें यह डर था की जनता का आक्रोश हाथ से ना निकल जाए। लेकिन अंग्रेजों ने उन्हें केवल एक शर्त पर रिहा किया कि उन्हें भारत छोड़कर यूरोप जाना होगा।

विश्व से अपील

सुभाष ने अपना निर्वासन का समय विभिन्न देशों की यात्रा करने और भारत में ब्रिटिश अत्याचारों के खिलाफ दुनिया से अपील करने में बिताया। यह इस समय के आसपास था जबकि उन्होंने चुपके से ऑस्ट्रियाई महिला एमिली शेंकी से शादी की थी।

एक नेता के रूप में उनकी लोकप्रियता बढ़ने के कारण, 1938 के हरिपुरा सत्र में सुभाष बोस को कांग्रेस अध्यक्ष के रूप में नामित किया गया था। कांग्रेस अध्यक्ष के रूप में सुभाष बोस ने भारत के अंग्रेजों से सशस्त्र युद्ध में शामिल होने की आवश्यकता की वकालत की। उनका मानना था कि ब्रिटिशों से लड़ने के लिए भारतीयों के लिए इससे बेहतर समय नहीं होगा।

गांधी का विरोध

सुभाष बोस की सशस्त्र क्रांति के आह्वान का कांग्रेस नेतृत्व पर स्पष्ट प्रभाव पड़ रहा था, जिनमें से अधिकांश गांधी के अनुयायी थे। गांधी अगले कार्यकाल के लिए सुभाष बोस की उम्मीदवारी के खिलाफ थे, और 1939 में त्रिपुरा सत्र में उन्होंने कांग्रेस अध्यक्ष के पद के लिए पट्टाभि सीतारमैय्या का समर्थन किया।

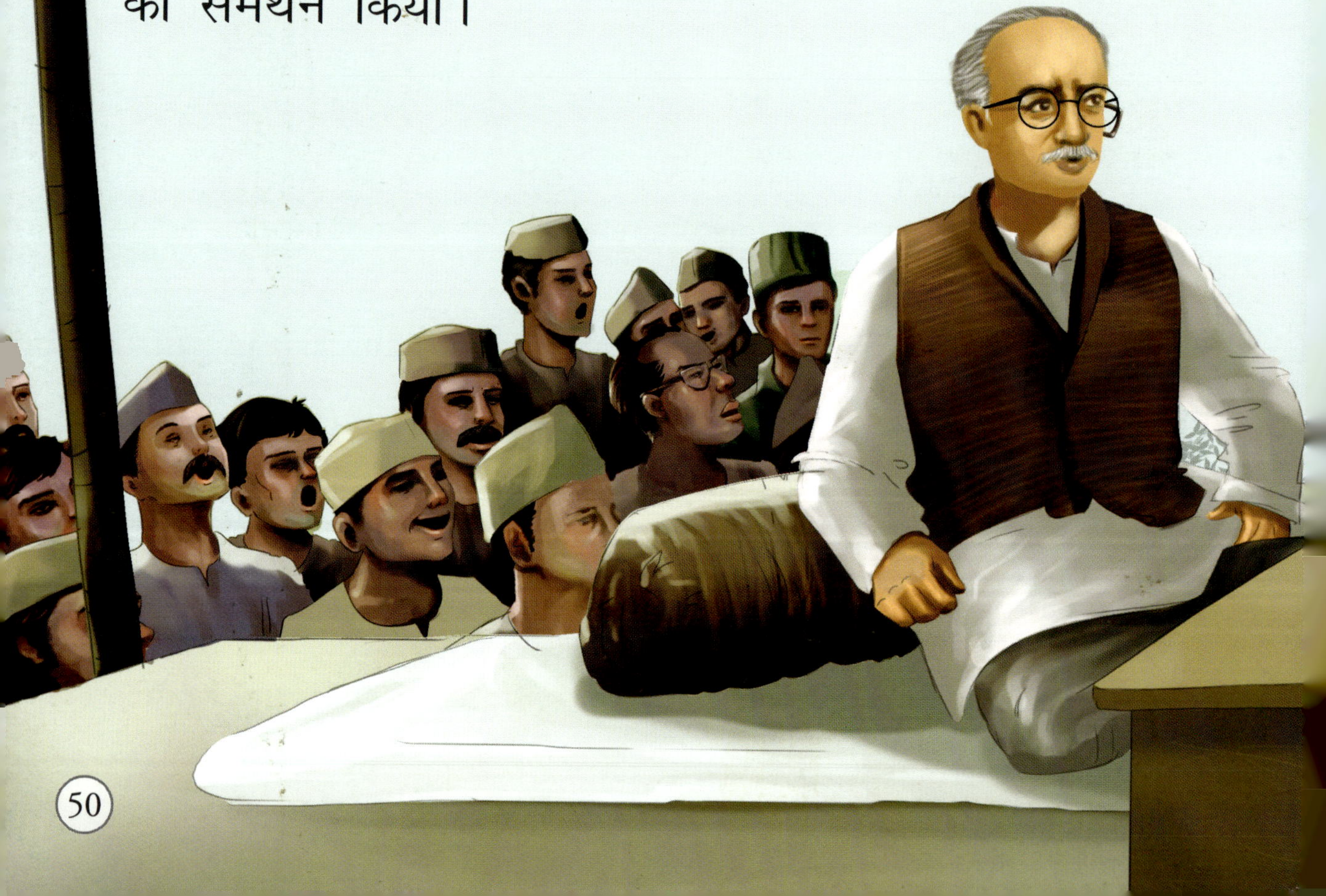

गांधी के विरोध के बावजूद, सुभाष बोस ने जीत हासिल की! इससे सुभाष बोस के मन में एक बात बहुत स्पष्ट हो गई–देश अब अंग्रेजों से लड़ने के लिए तैयार था।

अफ़सोस की बात यह है कि सुभाष बोस को यह भी एहसास था कि गांधी और नेहरू के अहिंसक तरीकों से उनकी असहमति का कांग्रेस पर हानिकारक प्रभाव पड़ेगा। जल्द ही, उन्होंने कांग्रेस पार्टी से इस्तीफा दे दिया। मई 1939 में, सुभाष बोस ने अखिल भारतीय फॉरवर्ड ब्लॉक पार्टी का गठन किया।

वायसराय लॉर्ड लिनलिथगो के हिटलर के खिलाफ युद्ध में भारत को शामिल करने के फैसले का विरोध फॉरवर्ड ब्लॉक का पहला बड़ा कदम था। अपने नेतृत्व में सुभाष बोस अपने समर्थकों को होल्वेल स्मारक ले कर गए, जो भारतीयों की अंग्रेजों की गुलामी के प्रतीक के रूप में अंग्रेजों द्वारा बनवाया था।

सविनय अवज्ञा के इस कार्य के परिणाम स्वरूप सुभाष बोस की गिरफ्तारी हुई। उन्हें फिर से प्रेसीडेंसी जेल में कैद कर दिया गया। बोस सात दिनों के लिए भूख हड़ताल पर चले गए

जिससे अंग्रेजों को उन्हें रिहा करने के लिए मजबूर होना पड़ा। हालाँकि, उन्हें नज़रबंद रखा गया था।

अलग वेश में दुनिया की यात्रा

सुभाष बोस को पता था कि वह घर पर कैद होकर अपने देश के लिए कुछ नहीं कर पाएंगे। इसलिए, उन्होंने भागने की योजना बनाई। 19 जनवरी 1941 की रात को, शिशिर कुमार बोस अपने चाचा सुभाष बोस को ट्रेन स्टेशन ले कर

गए। बीमा एजेंट के वेश में बोस जल्द ही पेशावर जाने वाली ट्रेन में सवार हो गए।

अंग्रेजों के खिलाफ भारत की लड़ाई में सोवियत की मदद लेने के लिए सुभाष बोस आखिरकार नार्थ-वेस्ट फ्रंटियर प्राविन्स (एन.डबल्यू.एफ़.पी.) और अफ़गानिस्तान के रास्ते मास्को पहुंच गए। बोस वहाँ की स्थानीय भाषा पश्तो का एक शब्द भी नहीं बोल सकते थे, इसलिए उन्होंने बहरे और गूंगे पठान होने का नाटक किया।

सुभाष बोस और उनके मार्गदर्शक, भगत राम तलवार, एक लॉरी पर बिना टिकट सवार हो काबुल पहुँचे। हालांकि, काबुल पहुंचने पर, उन्हें पता चला कि जर्मनी ने यू.एस.एस.आर. पर आक्रमण कर दिया था, और इसलिए, सोवियत अब अंग्रेजों के साथ सहयोगी थे। इसलिए सुभाष

बोस ने इटालियंस और जर्मनों से मदद लेने का फैसला किया। एक इतालवी रईस का वेश बना के सुभाष बोस बर्लिन पहुँचे जहाँ उन्होंने एक बार फिर अपनी असली पहचान सार्वजनिक की।

बर्लिन से नेतृत्व

सुभाष बोस ने बर्लिन को अपने संचालन केंद्र के रूप में इस्तेमाल किया। उन्होंने जर्मन प्रायोजित आज़ाद हिंद रेडियो पर भारत में ब्रिटिश शासन के खिलाफ कई भाषण दिए।

अंत में, सुभाष बोस हिटलर से मिले, और भारत में ब्रिटिश सेना से लड़ने में उनकी सहायता माँगी। जुलाई 1942 के अंत तक, नाज़ी सहायता के साथ बोस ने फ्री इंडिया लीज़न की स्थापना की, सेना की इस डिवीज़न के सैनिक उत्तरी-अफ्रीका से जर्मनों द्वारा पकड़ कर लाए गए थे।

हालाँकि, सुभाष बोस को जल्द ही एहसास हो गया था कि पीछे हटती हुई जर्मन सेना अब भारत में ब्रिटिश सेना के खिलाफ एक कुशल भागीदार नहीं बन सकती है। इसलिए उन्होंने जापानियों की मदद मांगी।

HIND

नेताजी बनना

फरवरी 1943 में, सुभाष बोस दक्षिण पूर्व एशिया की ओर रवाना हुए। टोक्यो के पास पहुंच कर बोस एक जापानी पनडुब्बी पर सवार हो गए, जिसमें वह शहर पहुंचे। फिर उन्हें जल्दी से सिंगापुर ले जाया गया, जहां उनका स्वागत राश बिहारी बोस जैसे भारतीय क्रांतिकारियों ने किया।

यहीं पर सुभाष बोस ने इंडियन नेशनल आर्मी का गठन किया, इस सेना में वे भारतीय युद्ध के कैदी थे, जिन्हें अंग्रेजों के लिए लड़ते हुए जापानियों ने बंदी बना लिया था। बोस ने रेजीमेंट भी बनाई, जो केवल महिला सैनिकों से बनी थी। यह इस समय के आस-पास था कि आई.एन.ए. के सैनिकों ने उन्हें सम्मान पूर्वक "नेताजी" बुलाना शुरू किया।

भारतीय राष्ट्रीय सेना

नेताजी ने अंततः अक्टूबर 1943 में आजाद हिंद फौज (भारतीय राष्ट्रीय सेना) के गठन की घोषणा की। आई.एन.ए. अंग्रेजों से अपनी मातृभूमि को वापस पाने के लिए लड़ने के लिए तैयार थी। उनका नारा था "दिल्ली चलो"।

जब आई.एन.ए ने भारत की ओर मार्च करना शुरू किया, सुभाष बोस ने रण हुंकार लगायी, ‘‘तुम मुझे खून दो और मैं तुम्हें आजादी दूंगा!’’ कई भारतीय आई.एन.ए के समर्थन में सामने आए, उनमें से ज्यादातर ने ऑपरेशन की लागत के लिए उदारता से दान दिया।

मार्च 1944 में, असम की सीमा पर तैनात ब्रिटिश सेना बल आई.एन.ए. के आकस्मिक हमले से हैरान हो गए और जल्द ही पछाड़ दिए गए। आई.एन.ए. ने कोहिमा की ओर अपना मार्च जारी रखा, जो जल्द ही गिर गया। आई एन.ए. की जीत की घोषणा करने के लिए वहां भारतीय राष्ट्रीय ध्वज फहराया गया।

हालांकि, अंग्रेज इंफाल में पर्याप्त सेना भेजने में सफल रहे और वहाँ आई.एन.ए. की पकड़ टूटने लगी। मामलों को बदतर बनाने के लिए, जापान पर मित्र राष्ट्रों का आक्रमण कई गुना बढ़ने के कारण मामला और बिगड़ गया था और इस कारण से जापानी अब पर्याप्त भोजन और आपूर्ति भेजने में सक्षम नहीं थे। आई.एन.ए फँस चुकी थी!

उस ही समय मानसून भी शुरू हो गया, जिससे सैनिकों के बीच कई बीमारियों का प्रकोप हुआ और इस वजह से आई.एन.ए. की स्थिति और भी ख़राब हो गयी। हालाँकि, नेताजी अभी भी हार मानने को तैयार नहीं थे।

उन्होंने सैनिकों से अपनी आत्माओं में फिर से जोश भरने और अंग्रेजों के खिलाफ अपनी लड़ाई जारी रखने की पुकार लगायी।

नेताजी का रहस्यमय तरीक़े से ग़ायब होना

ज़मीनी हालात तेजी से बिगड़ रहे थे। जापानी सेना ने अमेरिकी-ब्रिटिश सेनाओं के सामने आत्मसमर्पण कर दिया था, जो नेताजी की खोज में जुटे हुए थे। नेताजी की जान को गंभीर खतरा था क्यूँकि ब्रिटिश उनके साथ किसी भी तरह का जोखिम नहीं उठाना चाहते थे।

आई.एन.ए. के सैनिकों ने नेताजी को दूसरे देश भागने और एक नया आंदोलन शुरू करने के लिए मनाया।

अंत में, 17 अगस्त, 1945 को नेताजी कर्नल हबीबुर रहमान के साथ एक अज्ञात स्थान के लिए एक विमान में सवार हुए। यह माना जाता है कि विमान टोक्यो की ओर जा रहा था जहां से नेताजी ने मास्को भागने की योजना बनाई थी। लेकिन, न कभी वह विमान मिला और ना फिर किसी ने नेताजी को कभी देखा। उनके अचानक गायब होने के बारे में कई तर्क दिए गए हैं।

कई इतिहासकारों का मत है कि बोस को ले जाने वाला विमान दुर्घटनाग्रस्त हो गया और इसके कुछ घंटो बाद उनकी मृत्यु हो गई। यह भी माना जाता है कि उनकी राख टोक्यो के रेंकोजी मंदिर में रखी गई है। हालांकि, कुछ अध्ययन इस तथ्य की ओर इशारा करते हैं कि मंदिर में रखी गई राख नेताजी की नहीं है। इसके अलावा, अमेरिकी उपग्रह चित्रों और दस्तावेजों का कहना है कि उस दिन ताइपे क्षेत्र में कोई विमान दुर्घटनाग्रस्त नहीं हुआ था।

अन्य इतिहासकारों का मानना है कि मास्को जाते हुए नेताजी को सोवियत संघ द्वारा गिरफ्तार कर लिया गया था और उनकी मृत्यु तक उन्हें साइबेरिया में कैद कर के रखा गया था। नेताजी का शव कभी नहीं मिला था, और इस कारण कई लोगों का मानना है कि नेताजी अभी भी जीवित हो सकते हैं। यहां तक कहा जाता है कि भारत की आजादी के बाद बनारस में एक रहस्यमयी साधु का आगमन हुआ था, जिन्होंने कुछ विश्वसनीय सहयोगियों के सामने स्वीकार किया था कि वह सुभाष बोस हैं।

नेताजी लापता
NETAJI MISSING

एक गुमनाम नायक

अगस्त 1945 में उस भयावह उड़ान के बाद नेताजी के लापता होने के बारे में किसी को भी सच्चाई का पता नहीं चल पाया, लेकिन एक सच्चाई हमेशा बनी रहेगी–नेताजी सुभाष चन्द्र बोस देश के सबसे गौरवशाली पुत्रों में से एक थे, जिन्होंने अपनी मातृभूमि के लिए एक अटूट जुनून और जोश के साथ संघर्ष किया।

OTHER TITLES IN THIS SERIES